练 习 册

田湘 著

长江出版传媒

长江文艺出版社

田 湘

1962年11月生于广西河池市，广西作协副主席、诗歌委员会主任。著有《田湘诗选》《雪人》（汉英双语版）等诗集六部。

目　录

2017

2015

2019

蝴　蝶

一

某种古老的东西正在接近我们
当我们醒来，一群来历不明的蝴蝶
已集聚在城市的一隅。几乎所有的人
不曾在意，或忽略了它们
而蝴蝶，正是在我们的无意识中
登临人类的舞台

二

蝴蝶薄薄的翅膀，却背负着人类的思想
它把庄子带入梦中，穿越到这个时代
它让自己化身梁祝，使悲剧有了好的结局
我们跟着蝴蝶飞，也在梦中穿越
它向我们证明灵魂的存在与不朽
并在未来的某个地方迎接我们

三

有人把蝴蝶夹在书本里，很快干枯
但我们又在花园中找到它的替身
蝴蝶不死，它有转世的方法

四

多数时候，蝴蝶是孤单的
只身在飞，在寻找。当它离开
又像从未来过。没有人知道蝴蝶秘密的路径
当我们看到众多的蝴蝶，会有一种预感
什么事情正在发生？对于蝴蝶的国度
我们知道的有多少

五

没有人听见过蝴蝶歌唱
可蝴蝶是最好的演员
关于生死、爱恨、悲喜……
它无声的剧目一直在上演
并将延续

六

蝴蝶有隐身的本领。当风暴来临
多少大树倒下，悲剧发生
我们以为蝴蝶变成了幻影。可风暴过后
蝴蝶又在翩翩起舞：所有轻的事物
包括小草，在强大的风暴面前
几乎都保持了自身的完好

七

一只小小的蝴蝶，却穷尽人类的语言
看似无关的事物，却与我们联系如此紧密
它的轻，它的虚幻，它的不可知
正是我们想要的。多少人想打开其中的密码
化身蝴蝶。可语言业已失效
我们只是痴迷、沉醉，只是单相思
蝴蝶并不属于我们

八

可蝴蝶注定要与我们结缘，成为
我们思想的一部分。通过它
我们找到隐秘的途径，通向灵魂的栖居地
当它抽身离去，我们顿觉空虚与茫然

九

我们托梦蝴蝶，究竟基于什么
蝴蝶是否了解人类，我们全然不知
只是可以相信，蝴蝶一直与我们相伴
却从不打扰我们。它看见，但从未说出
它为我们保守着秘密

十

蝴蝶在飞。越过生死的藩篱
受难者在呻吟，他们想得到蝴蝶的暗示
可蝴蝶对所经历过的，从不屑于谈起

十一

蝴蝶在飞。转眼就是千年时光
它在一座花园里吸着花粉
在黄昏，它抓住虚幻的光芒
轻轻飞去。正因为轻
它才飞得更久远

十二

远望者，看到了天空，城市，山川，森林

蝴蝶只在我们眼前出现：它太小了
小到可以忽略，小到不允许有远大理想
人类却将灵魂和梦想，托付于它

花　烛

花朵也想燃烧，它让自己
开出蜡烛的样子，从此
它有了虚幻的火焰。这火焰
冰凉，却传递暖意，像假的真理
一个好梦，也能让人心生温暖
虚幻的火焰一直在闪烁，如同我
把好心的假话说了一遍，又一遍

入口与出口

世间最辉煌的两极：日出与日落
对应着：生与死、白与黑、开与合

时常感慨：天空高远，大海辽阔，群山肃穆
这里有我的大情怀
又感慨：居无定所，秋风无情，草木枯荣
这里有我的小悲悯

好在世间有两极，让写诗的人找到入口与出口
芸芸众生伴着朝阳风华入世
也将伴着夕阳悠然谢幕

病中吟

默迎朝阳升起
也必会静观夕阳西沉
在通往死亡的路上，万物照例生长

太阳在天空爬行，这是我们的太阳
它刚遭遇雷电与黑云的劫掠
像我一样大病一场

被太阳炙烤的语言正在裂变
我的表达词不达意。奇怪
我竟对无意中创造的病句兴奋异常

从清晨到黄昏，会看到
花朵落下，绿叶枯黄
身体里的火被取走
可我仍在守候最后一缕光明

太阳熄灭了，病中的我
依旧在黑夜里独坐

与自闭的仙人球谈命运

最有效的自卫方式莫过于
用满身的刺来拒绝和封闭自己
用永世的孤独来拯救将要堕落的灵魂

我试图以流血的方式来测试
自己的胆量，同时唤醒自闭的仙人球
可每次都无功而返。那些刺隔绝了尘世
阻止了绽放。而生性懦弱的我
总是一而再地退却，担心陷入
刺丛中的悬崖与深渊。在可望
不可即的境遇中徘徊和沉沦
终于发现，一个怯弱者与自闭者
相似的命运

魔 镜

第一次照镜子，童年没了
第二次丢了少年，接着是二十、三十、四十岁
黑发与愤怒。青春一次次被取走
现在，连白发也不放过。还不许我说
一张嘴，又取走我的牙齿
每照一次镜子，就失去一次
最后，取走我的骨头

好没道理的镜子。你既然让我看见了美
为何又让我看见丑，阴阳两面，与自己为敌
用我的影子来羞辱我，还跟我谈如此深奥的哲学
说什么美与丑、黑与白、生与死
又说什么实与虚、有与无、远与近
没完没了地转换轮回，在镜中穿越，到虚无中去
让唐朝在镜子里复活，嗅到杨贵妃的体香
让我心甘情愿，用自己的热脸
一次次去贴你的冷屁股

那些空里隐藏着什么

天空的魅力，在于它的空
再大的星球，也如微尘
神秘就在这里

一幅画，我注目于它的留白处
那小小的空白，让一轮皎洁的明月
在黑夜里闪耀。让一群绵羊般的白云
飘于蓝天。浪花前赴后继
视死如归。几朵白菊又在深秋入世
这些空与白，让世间有了隐喻
有了空灵之美

万物之中，最让我敬畏和难以接近的
是那看不见的神

而你，从未对我说出的那句话
也那么空，让一颗失重的心
一直挂在身体的悬崖上

一把无形的刀让我格外小心

我是河流养大的
终将回归河流

河流一直在我的身体里
歌唱，直到我的生命终止

当身体里的河流枯竭时
父亲走了。我也将如此，这是宿命

我始终在倾听，在与河流对话
我迷恋它神性的波光，和那永不停止的流动
它为我运送欢乐，荡涤孤独和耻辱
但我不知道它同时也是在夺我的命
就像时间和风，从给予的那一刻
就开始索取。可我愿意
一把无形的刀让我活得格外小心

我听从河流的召唤
河流之外，没有我要去的地方

根

祖先们埋在地里的尸骨
是人类繁衍不息的根
活着的人享用他们的旧灵魂
把他们的影子也带上

在河边，我看见土地撕开一个口子
垂直切面上，几棵千年古树盘根错节
发达的根系，若地下家族
造就了枝繁叶茂，也暴露了生存秘密
生命如此茂盛。这些庞大的根系
多像我们的祖先

我惊叹于榕树细密的气根

把自己从身体里抛出去
抛出，那隐藏的孤独与痛苦
还有内心的欲望

无数线条在风中飘
跟空气商量转世的秘密
往下的力量竟如此强大——
天啊，它竟找到了入世的捷径
把不断繁殖的气根抛向泥土
长出新的枝干，又抱成一团

它横下一条心：掏空自己
甚至拼出老命，不舍不弃
为生命打开更大的空间

也不怕树大招风，不，它搂住了风暴
从不抱怨命运：满脸胡须，披头散发
未必，不是一个好父亲

独木桥

那么多木头被毁掉，余下这一根
架在沟壑上，用来考验我的胆量、平衡术
思考生与死，爱恨与决绝

魔术师走钢丝，我走独木桥
可他腰身细，从师，暗藏绝技
我五大三粗，却以为无师自通
完全凭借狗胆和运气

只剩一条道，一座独木桥
过，还是不过？众人用嘲弄的目光
看我：这只熊有没有熊样
利用我虚荣的软肋，断掉我的退路
又像仇人从后面将我追杀
我只能硬着头皮，拿命来搏

可我刚走上桥，就两脚踏空
猛地往下坠。当我醒来，睁开眼
发现古树参天，乱花迷人，不见了一地鸡毛
多么不可思议，我竟化作野鸟
飞入另一个朝代

北方的树

冬天的北方，所有的树
几乎遇上债务纠纷
将落叶的钱币还给土地
把赤裸的身体交给北风

梦的衣裳被撕碎
像怀春少女袒露不雅的腰肢
又像一群男人在大街上裸奔
树枝间的关系也赤裸裸
看得见谁与谁挨得近，谁与谁离得远
枝丫像枯手抓住云朵
抓住天空的空，一副无可奈何
且一贫如洗的样子

飞鸟已不在，只有雪花飘落成碎银
枝条是深入冰雪的骨头
北风吹过，树枝也不再摇曳
僵硬的语言变得更加锋利

北方的冬天，天空如此空茫
叶子集体消失，不通融不讲理，富人变穷人
其中滋味，只有邻家的秃头光棍知道

北　风

我是隐身人，身上藏着刀子
这是众所周知的。可我动过杀心
就没人知道了。那年冬天
我像刽子手，用刀
将滑雪的人迎面乱砍
让这些人脸上红一道紫一道
之后就得意而逃。将树上的叶子扒光
让它们变成光棍，变成穷人
一次，一醉汉冻死在雪地上
我竟以为是借我之力所为
好在验明正身，是个十恶不赦的逃犯
偶然中，我为民除了害
于是内心愧疚得到解脱
可谁知道，我有时竟控制不住
滥杀无辜，且肆无忌惮
砍倒了大片的树。而风无形
谁也抓不住我，捕风捉影的事实在难做
虽时常自责，却还是我行我素
依然在唱，北风吹，雪花飘

杞　人

高考前一夜，天花板掉下一物体
砸在我身上，一惊：怎么回事
难道是流星陨落？天真的垮塌了吗
我猛喝一声：悟空，擎天柱在哪
又吼道：女娲，快去补天
我的十指幻化成十路天兵
站立两旁，护卫惊魂未定的我
忽然听到：爸，怎么了
我定神一看，是女儿
于是淡然一笑，说
多么的荒诞和没完没了
你的高考竟是我的天
好在天没垮塌，而是天上掉馅饼
是瓜熟蒂落。说明你好福气
一定会榜上有名

神仙的踪影

有几个人在山上走
走着走着，就不见了

传说这里居住过神仙
可我不信，我就生在这里
我所遇见的，都是平常百姓
他们沉默寡言，晚上喜欢喝几碗酒
没什么特别的。只是前些日子
我回到侧岭，遇一老妪
说认识我，是老田家的
我先是一惊。又遇一青年
竟叫出我小名，让我惊讶万分
快 50 年了，这青年在我离开时
怕还没出世，怎么就认识我
更离奇的是，一失踪多年的断臂人
又在山间砍柴

这里曾是个小火车站
据说是神把钢轨搬走了
后来，修了高速公路
再后来，人们络绎不绝地
到这里，看山，寻找神仙

去人间

88 岁的父亲第三次脑梗死
活过来后，不再认识我，和这个世界

一个长满皱纹的婴儿，他生养的儿女
更像他的父母：教他说话、打手语
为他更衣，擦去身上的不洁

他断绝过去，从前的苦
与他无关，又像没有吃够
还要重吃一遍。对旧事物重新认识
让旧瓶装新酒，老树发新芽
把一万年前的太阳说成是新的
给花草重新命名，建立新秩序
轮椅上装着伤残老旧的零件
他豁出一条命，再次去人间

轮椅者

第一次坐在轮椅上，两只脚
不再听命于脑袋。高贵的头颅低了下来
一个自以为是的王，有了宿命的忧伤

可他仍不失王者的风范
在电梯口，有人轻声喝道：让一下
轮椅便载着他，进入空空的电梯
一个人上上下下，平息不断飙升的痛苦指数
从一层到十一层，经历了超声、CT、造影
手术切割，修复这或换掉那
最后又回到轮椅上，如王者归来

忽然发现，弱者也有应对强者的法则
在进与退、攻与守、得与失之间找到平衡
从伤口突破伤口

此刻，他独自一人坐在轮椅上
修复一个失败者的自尊
不，他已登基，做自己的王
在众人好奇的目光下
所有的强者，正给他让路

猫

袭击我惊吓我却不伤害我的
是一只猫——我曾把它当作玩偶
而今，我更相信它是神派来的
它走进我的诗歌，踏乱语言的琴键
枯竭昏沉的词开始苏醒，有了弹性
陈旧破败的房屋打开另一道门

它捕捉鱼，捕捉自己在墙上的光影
和一切虚无的存在。轻巧的身体闪烁灵光
它躺下，又如此安静，宛若这屋里的主人

此刻，它与我一起坐在窗台上
眺望外面的世界，听我细数
白玉兰，飞翔的云雀，灰色的房屋
以及天边的云，地面的草与沙粒
本以为，它也如我所见
可它蓝色的眼光瞟我一眼
对这些具象之物根本不屑一顾
在它眼里，所有的存在都是虚无的
就像一首虚无的诗。它的世界我们无法抵达

一只猫在春天复活了我的想象
让我匍匐在所有的角落，捉住一闪而过
且不可破译的词语密码

鸟鸣声

每天清晨
都有几只鸟在窗外鸣叫
在叫我?

十年前，或许更加久远
就是这些声音，一直在我窗前，挥之不去
一半真实，一半虚无。像天上的神
更像祖先在世外的呼唤
我有时把头伸出窗外，却什么也看不见
可分明鸟在叫。我不知
始终如一的叫声，这种坚持究竟是为什么
此鸟，是否就是彼鸟。难道离世的人
终于有了替身。鸟在叫

而我，渐渐衰老的身躯支撑着听觉
一种习惯已经形成，不能改变
若灵魂深处的呼唤。每天清晨
我都是在鸟鸣声中醒来
如新生儿般睁开眼看世界
此时，万物露出了它们的棱角
云彩聚散，花朵开合，山峦起伏

鸟鸣声越来越大，我顺着声音望去
只见，神的手正把朝阳托起
像我身体里喷出的第一团火焰
像我诗歌中某个砸人的句子

愧疚

一棵树一生只做一件事：生长
除此之外，盘踞小小一隅
餐风宿露，连房子也不盖
更不写诗，玩小情调，为情所伤所困
孤独时，就与众多的树在一起
比赛谁活得更长。至于岁月留下的刀痕
常常忽略不计。如此简单，如此快乐

一百年前，它若我的前世
一百年后，它是我的来生
而今我们相遇，它像一把遮阳的伞
千年以后，仍会长出鲜嫩叶子
在原地等我。可我到不了那么远
即便灵魂不死，绕居此树，早已没人记起
遗忘让我更孤独

我承认，诗歌给了我另一个真身
我在诗歌中创造了神，而神总是吝啬
只顾坐拥神坛，冷眼看人类
人世很长，我们却活得太短

唯这千年老树仍在生长，并无更多奢求
相反，无尽的贪欲让我愧疚不堪

两 难

消防队员拟定水攻火的方略
火总是无辜和被动，好像犯了错
谁点燃了火，难道火也有攻水的图谋
到底是水攻火，还是火攻水？不断地讨伐
以至水火不容，令我在其间，左右为难

太阳和雨，常发生水火之争
两种相克物质同为诗歌古老元素
它们在同一时空探寻相融的可能性
使彩虹得以诞生。而相互构陷
又是不争的事实。让我的语言
处于两难的胶着状态

我内心的火焰，也总是遇到
你舌尖不明不白的冷雨
让我在熄灭与燃烧间
进退两难

盆 景

相比被修剪的完美
我更倾向于它们自然的样子
枝条任意长，枯萎的花和叶
继续留在枝上。如此
我才不会为偶尔的病句
和无能为力的表达，自责
更不会为受过的伤害
和无法挽留的美好，悲切

自然法则

一场过路雨在正午
逼出夏天泥土里难闻的热气

几天前，中医老于
用火罐拔出我体内的热毒

一位情窦初开的少女
以葬花的方式
埋葬自己的春心

那刚完成成人仪式的青年
竟怀揣落日的悲情

我一直在探寻
自然法则
给人类生命的某种启迪

时　间

我问上帝
时间是什么
上帝给我四朵小花
分别代表：春夏秋冬
于是，时间被定格为
永恒的四个季节

我又问上帝
时间是什么
上帝给我两颗黑白棋子
日夜厮杀，争夺领地
于是，时间被定格为
无法改变的白昼与黑夜

我再问上帝
时间是什么
上帝打开一座隧道
然后转身离去
从此，时间被锁定在
安静而空洞的隧道里

时间不动
是火车在隧道穿越

是万物在行走

时间是静止的河床
是河水在流动

一年的最后一秒

时间又到了一个制高点
我已站在三千一百五十三万六千秒的顶端
一个庞大而虚无的数字面前
当 2018 年只剩下最后一秒
我已无法顾及，每一秒曾经记录过什么
在最后一秒，我必须止步，或转身
就像站在巅峰和悬崖上
再往上走就是天，可天太高了
我不是神仙，上不去。往后退
又无路可退。只能狠下心
再一次往下跳，落在 2019 年的
第一天，第一秒，从头再来

最后一秒，甚至不够我写上一个句号
闪电般的一瞬，像致命的一根针
扎得我好疼，更像最后一根稻草
我抓住它的瞬间，就听见了断裂声
从这一秒起，我必须学会放下
转身，忘却，洗心革面

一秒，只是一道光，一根分割线

却切割了前世和今生
让我告别这告别那，死了这条心
我说等等吧，有许多情与事还未了
话音刚落，这道光就把我
从 2018 的时空踢出去
进入一个新的时空
我又换了一层皮，开始重新做人

2018

练习册

我对河流一直怀着敬畏

逢山绕行，遇崖就跳，又总是绝处逢生

牙齿都没了，每天还在练习啃石头

与坚硬的事物打交道。活着就认下奔波的命

常常泥沙俱下，浊泪横流，越老越能包容

谁投入怀里，都像他生养的，以此练就

悲悯之心。认准一条路就走到底，一生都在练习

跌跌撞撞，且乐在其中，像个长不大的孩子

造一座古镇

在新城造一座古镇，是为了追忆，怀旧？
想回到唐朝，遇见杨贵妃一样的美人？
都说新城对应古镇，就有了厚重感
有了呼与应，传与承。可古镇谁又见过
一个人稀里糊涂就跑到古代，也不怕迷路
以为认识孔孟、李杜、苏东坡，就可以畅行无阻
蜀道就不再难，平步就能上青天
可谁又认识我这样一个江湖上的怪物
洋不洋，土不土，还想混古人的饭吃
几杯酒下肚，就妄说今不如昔
今人又不是古人，怎么知道古代就好，就不好
纯粹是臆想与意淫。古树活到今天，成了妖
空空的心没有了记忆，叶子也是刚长出来的
道不出古人的恩与怨，情与仇
倘若杨贵妃来到当下，当然已见不到皇帝
难道她会放下妃子的身段
与贫民、富商、官员谈恋爱？
可今人与古人怎么谈，网络语与古汉语
怎么对暗号？一部穿越剧正在上演
所有的人都戴上面具，竞相效仿
可我穿龙袍不像皇帝，当和尚不会撞钟

古镇上摆放的物件，难辨真和假
请告诉我，一个现代版的诗人
怎么又能写得好唐诗与宋词

表面的事物

雨是表面的
你撑着伞
伞也是表面的
它挡不住内心的雨

没有雨，天下本无事
云是多余的

雨只有落下的瞬间才是它自己
之后，就不是了，你只有看流水
可流水不让你看到深处的漩涡

雨只存在于表面，它不知道
美好的事物都藏着危险
雨让自己变成一簇簇浪花
它所有的绽放，都对应着凋落

大裂缝

像一个人，非要狠心地在身体里
撕开深深的口子，在伤口上
唱歌。非要用斧头将躯骨砸碎
让它长成造型各异的玲珑

更像一首诗，非要拿掉一些丰盈的词句
将它掏空。非要制造不明不白的闪电
让抒情的雨雪落下，把衰老的词
复活成新的病句，每次
我读到这里，就像听到陌生的狼嚎

梅尔如是说

这里是缪斯的产床，空气也是最干净的
这里的夜晚宁静而甜蜜
你能听见花开的声音，嗅到草木的清香
梅尔如是说

清溪峡会洗净你肺里的积毒
双河溶洞会吞下你身体里的黑炭
让你吐故纳新，灵魂获得救赎
梅尔如是说

十二背后藏着十二个小美女
穿着云的衣裳，在细雨中
歌唱，舞蹈，欢乐和忧伤
请你也带上一个，跟着唱起来跳起来
你需要为美受伤
梅尔如是说

时间打开了入口，颓废的诗人啊
世界还有一个最静美的地方在等你
让你登基，成为自己的王
这是唯一的也是最后的机会

这是为美受伤的机会。来吧朋友
梅尔如是说

双河溶洞的秘密

六亿年的孤独，需要何等强大的内心
需要怎样的深度、长度、黑和空
需要母亲永无穷尽的双乳

六亿年，不老的秘密又在哪里
倘若是爱情，应有多少目光的期许
又需多少生命轮替，才能延续
谁能向我讲述，洞穴里的风
河流与造型各异的玲珑石
为一个承诺等待亿年，这又是何种尤物

哦老不死的家伙，你们好
是谁创造了这一切，并使之获得不竭之力
从而逃过死亡的陷阱

难道这就是天机？我所见到的生命
脆弱得不堪一击，唯有这洞穴里
藏着万物不老的秘密？那么
作为人类，我确信在我的基因里
有一组来自这里，等待破译

我最大的秘密是，为何亿万年后的今天
我才与你在此相遇

清溪峡

王坐在船上，摇着蒲扇
山分开两边，白云在山上
白云是神的衣裳。神闲得无事
说今天要下凡，去会会船上的王

水里游着鸳鸯，水流得很慢
时光走得更慢。鸳鸯不认识王
但相信神，鸳鸯也知道
神今天要下凡，会会船上的王

那个王就是我，从广西坐高铁来
高铁开得很快。王有草木国，有鸟语
装满了家国小事。而云朵很闲
像一件衣裳披在神的身上
神拍拍王的肩膀，就不再说话
神在看鸳鸯戏水。水流得很慢

空　船

清晨六点五十二分
一艘空船逆流而上
从东向西，空空的船里
又好似装满了阳光

它要把阳光运送到哪里
在远处，我可以看见
一船阳光正在燃烧
一船碎银正在熔化

船是空的，阳光的存在也如同虚无
我更倾向于看不见的银子

一艘空船逆流而上
我看到了这空的超然
一艘空船，何必要装满石头
何必要把世间的重物，强加给自己

虎丘斜塔

"这塔何时倒塌?" 说完此句
我忽然一惊，它竟让我
有了犯罪感，和不可告人的居心

"它仍在倾斜"，导游回答
"去除地震因素，将在二百年后倒塌"
仿佛导游也在期待这一刻

千年的斜塔偏偏不倒
"它仍在倾斜"，其实只是
以此试探，并拂去
众生的邪气

可我发现，此塔也有杀心
它暗自较劲，看那座远在西方的
老不死的比萨斜塔，谁先倒下

石头的轻

石头是沉重的
可我偏想说说它的轻
比如它行云流水般的纹路
它空灵向上之美

这些石头从红水河
用吊车打捞上来
有好几十吨吧
可我看到它玉化的皮层
呈黄色、白色、红色
鲜嫩竟像婴儿的肌肤
摸摸它，就年轻了许多

一朵云从石头上飘起来
我就有了腾云驾雾的感觉

石头是有生命的
它在水里生长了亿万年
才变得飘扬流彩，琴韵优雅
庞然大物看起来才那么轻

石头多么坚硬
可它与水的软结合得如此之好
它沉到河流的底部
听从河流这最优秀的雕刻家和画家
用柔软的水为刀为笔
让自己有了精美的造型和图画
在是与不是之间获得升华

石头有门，今天也打开了
海百合与鱼龙化石
让人轻易就穿越到远古时代

石头有灵魂，它向善
比人好，自己不会砸人

红水河

"红水河是清澈的"
当我说出这句话，心中的恶
即刻变善，魔被解除

一条曾经混浊了千年的河水
忽然变清，犹如一个冥顽不化的人
洗心革面，一夜之间善恶转化
世间不再需要囚笼

一如魔术师念念有词
让石头化为彩玉，泥沙变成金子
而红水河只为水，且内心柔软
清澈如许。俯下身
可以听到神的声音

在蓬莱阁看海

我不是最后一个来看海的人
但比我先来的人，早已离去

没有谁能将名字刻在海上
那些为功名而来的人
都被波涛淹没

可来看海的人依然络绎不绝
对于生者，大海是最好的倾诉
把自己交给大海，就是把烦恼交给遗忘
对于逝者，大海是最好的安魂曲
把自己安葬在海边，灵魂就得到超度

我来看海，不是因为八仙曾在此过海
我今生注定成不了仙了
我来看海只为向海学习
想看看虚幻的事物
如何在大海中变得真实起来
而之前，许多真实的事物
已变得模糊和虚幻
我来看海，是想听这万年的浪涛

拍打着山崖，一点点推开
我狭隘的心门

灵　渠

一场两千年前的战争
早没了痕迹
只留下一条叫灵渠的运河
也忘了当年运送过的粮草刀剑

所有的王朝都输给了时间
可灵渠不知有时间
不知有秦朝、汉朝
没有王朝，只有流水

两千年前的流水与今天没有两样
两千年前的天空与今天没有两样
国土也是当年秦国征服的
只是人不同了，他们不再说古汉语

只是流水没有记忆
记不住当年的万户侯
只是流水还在流
还在运送星星、云朵
和人类的相思，与离愁

我在邕江寻找迷失的远方

河流是地球的软骨架
比女人的腰还软，像物质之外的精神
我这样比喻，不等于邕江就是一个女人

四周环水而为邕
这邕江河水与碧云天相映衬
天与地，似乎要合而为一

古老的城因水而兴，又因水而灭
所有依恋河流的人几乎都践踏着河流
如今到了忏悔时节，我说忏悔吧
我这样想时，一座现代的都市正拔地而起

一株木棉离群而独居
这孤独的木棉树站立在邕江河边
向逝水告别。我这样看时
更多的木棉已被激情的河水唤来

我在邕江河边漫步，毫无目的
脚步声与流水声相交织
我这样走着，不知不觉潜入了夜色

我停住脚步，而河水依然在流
迷失的远方又被月光叫醒

穿堂风

风离开了旷野
就走得很小心

这些围得严密的墙
开出一个口子
风的这点自由
也来得不易

灵　魂

那些坐在高铁上的人
把徒步难以攀越的山
轻易就甩在了后面

他们走得太快了
身体越来越轻
我想提醒他们
走时别忘带上灵魂

逃　犯

这个夜晚，你没来见我
理由是，你在审一个逃犯
我说，还有一个逃犯
就在外面，捆绑着自己
等你来抓。可是你错过了
这一生，我将是你
再也抓不到的，那个逃犯

典当行

每次路过典当行，我就害怕
好像心爱的宝物又被拿走

活到今天，虽然谁也不欠
可总免不了担心，有一天
自己也被抵押。而我臃肿的肉身
谁又看得上？剩下那点尊严
却如同命根，陪我枯坐

打妖记

一生都在打妖怪。一直以为
每个人身上都附着一个妖

温柔的妖，暴力的妖
此刻都露出獠牙想喝我的血
我心怀仇恨，赤手空拳
发誓要学悟空，降妖除魔

我打妖怪，却看不见
妖是隐身的，依托于人体
让我误认为人就是妖，妖就是人

可我还是想在人妖合一前
把妖打败。我紧握拳头
往别人身上打，往自己身上打
终于拳到妖除

可我打败的妖，有九死一生的本领
昨夜死，今夜又活过来

围　棋

天空打开棋盘
以云朵为棋子

黑白对弈
泪水般的雨点落下

一个陷阱被识破
又出现更多陷阱
虚无的领土，迎来空中大战

无爱，无恨
只为一场毫无意义的胜败

闪电是无情杀手
让云朵无处可藏
白也不是，黑也不是

天上亦如人间
谁能猜透天机与人心

夜得一梦，在清华园读书

我的孤独如此巨大
大过了清华园上空的月亮

据说这里居住过神仙
许多人夜里挑灯，来此修行
最终得道飘上了天，变成星星
还有的成了月宫里的桂树

我拨开云层，想探究其中的秘密
千年的月亮莞尔一笑，竟说我痴

今夜，我又一次到来
摸一摸古老的石柱，石柱不说话
只发出清冷的光。我在荷塘边
摆上一张古人用过的红木桌子
打开书本，发现竟是一本天书
天机当然不可泄露。我让月光替我读
月光根本不识字

我心伤不已，欲绝尘而去
忽闻妻的声音：看啊田湘
你的脑门好似开了一道天光

追光阴

少年时，我坐上绿皮车
去追光阴。生怕太慢
错过大好时光
我追啊追，以为光阴在等我
却只追出几根闪亮白发

如今老了，我坐上高铁
去追光阴。这回可快
一切触手可及
我追啊追，光阴在前我在后
我想把失去的也追回来

我追啊追，一次次穿越，却发现
所有追光阴的人无不消失在光阴里
光阴在，又不在。过去与未来
有时竟在同一位置碰撞，又迅速分开
静止的山脉也在移动，出现又消失
我追得越快，风景消失得越快
可我还在追，那么固执，从不舍弃

相向而去的高铁

多像两个人相向而来
快要撞个满怀。他们闭上眼等待宿命
强烈的冲击波过后，发现只是一场虚惊
连招呼也来不及打，又迅速分开

此刻我看到，高铁时速为三百公里
一小时后，将拉开六百公里的距离
他们沿着相反的方向，越走越远
去到各自的天涯

谁能承受如此快的相见与分离

坐上高铁还嫌慢

一生都在追求快。当我坐上高铁

一小时把三百公里的风景揽入怀中

忽然两眼放光：这么快

像古人持令牌从天而降

闯入某座城池，对某某叫道

拿酒来。然后把满城月光一饮而尽

多么浪漫与霸气。还嫌不够

这种快也让人闹心：眼前的风景

来不及仔细欣赏就已消失

一首诗刚写好，正在润色就到站了

坐在身旁的人，刚想认识就走了

更不用说，抵达谁与谁的内心

纵有穿墙术，也无法穿越到古代

向李白讨要一首堪比《赠汪伦》的诗歌

某种东西似乎永远也追不上

坐上高铁还嫌慢——不

一切皆快，唯有自己慢

更可恨的是，看似活得很慢的人

忽然就老了，白发像雪花开满脑袋

且越老越急：一封封加急电报

像皇帝命令谁谁去追逝去的青春

追越来越远的事物及梦想

只恨自己不是疾驰的流星和闪电

与高铁比快

我所做的事多荒诞不靠谱

昨晚入梦，与高铁比快

就像在电影里，我有了特异功能

有了飞毛腿、穿墙术、隐身法

瞬间，我就把高铁甩开

而树站在那里，有更快的方式

它以静制动，终点就是起点，出发就是抵达

在众人眼里，蜗牛总是太慢

可它是用慢来抵达快。人世总是太急

多数时间，我被高铁牵引，对这种快痴迷

而高铁再快，也有无法到达的地方

有一天，它要去追赶太阳，我说别追了

明儿一早，把太阳给你捧上

其实我只是一觉到天明，默等它的到来

光速够快了吧，也要几亿年才抵达我住的星球

万物最终将回到原点

忽然发现，静候也是一种追赶

我的慢终会超越你的快

2017

古　道

一条路从汉朝走到民国
又走到今天，也不觉得累
不像一个人，早就变成灰了
一条路只要有人走，就不会死去

在环江，我见到了这条路
也不知为谁，穿越了两千年
两旁古树参天，但不是汉朝的
花草藤蔓不是，飞禽走兽也不是
这些生命都太短暂

只有石头是汉朝的
却没有生命和记忆
石头有门，但从不打开
一如古道无法穿越
我们进不去，古人也出不来

那是我的灵魂在赶路

我一直在寻找灵魂
今天终于找到了
萤火虫的光在暗夜的树林里
一闪一闪
一会左，一会右
多像我的灵魂在赶路

微弱的光照亮微小的世界
揭开人间的另一层秘密
我敬畏那些发光的物体
没有它们，我们将永远沉沦在黑夜

相比太阳巨大的光芒
萤火虫更接近真理的底层
它让我在强大的世界里
看到微小的力量

总有一天我会死去
萤火虫也不例外
但它会在我之后，比我更持久
那时，你看见萤火虫的光

在暗夜里一闪一闪
一会左，一会右
那是我的灵魂在赶路

秋天的黄昏

秋天的黄昏如流血的战场
所有的云朵似祭奠的花环

太阳的子弹射向苍茫大海
静默的群山是无言的悼词

悲观者吟咏绝望的诗句
唯乐观者运送希望的浪花

风的词条

这是风的词条
随性、健忘、创造、毁灭、虚无

风说
浪迹是自由
静止也是自由
我想追风
风说好啊
可风是个健忘的朋友

风在春天吹绿了叶
成了债主
叶到秋天向它还债
可风早已忘却

风一次次被墙拒绝
可风依然飞蛾般向墙扑去
爱一次，伤一次
毁灭一次，又重来一次
风不断让自己再生

风到底是谁派来的
它抚慰我也鞭打我
我既爱它又恨它
可风生来就只懂遗忘
又岂是爱恨所能摧毁

风说来就来，说走就走
那么随性
我这一生可能也做不到

我时常为一些小事纠结
就像今天我站在风里
听瑟瑟的秋风
听着听着，就泪流满面
或许我永远也学不了风

风没有记忆
这多好啊，把悲伤交给风
就是交给遗忘

风啊风
从虚无中来
又向虚无中去

总有一天
我也变成一阵风

俗世缠身

一群云放弃了优雅，不做神仙
入俗，来到尘世
跑进森林、村庄、稻田
跑进城市的污水沟

一群云落到海里，变成鱼
即刻被大鱼吃掉
变成波浪，又被更大的波浪推到沙滩

一群云落到草原，变成马群
顾不上吃草，就遇见狮群虎群
于是狂奔。草原广阔起来

一群云最后落入水井
被取来做饭、炖羊、酿酒
此时炉火正旺

中原的雪

一生中我欠过许多债
雪是其中之一

我的南方没有雪
这是我内心想要的
一直欠着

今天我来到中原
一场大雪覆盖了大地
亿万麦苗沉入温暖梦里

中原的雪，白茫茫
像南方丰盈的阳光
灌满我的瞳孔

这个冬天我很富有
满地白银足够我花
足够我还清一生的债务

在雪地上写一封情书

这是最洁白的文字
他要在雪地上给你写一封情书

一个内心忧郁的人
也有纯净灿烂的一面

他写一遍
雪花覆盖一遍
如此反复多次
这场雪还是打败了他

雪的语言飘满天空
他却无法让你读到
这封掩埋在雪中的情书

丝绸之路

月亮的独轮车穿过汉唐天空。
光明在黑夜里生长。
银杏树在秋风中卸下皇袍。
落叶是钱币。

僧人从皇城出发。
马车上装满丝绸。
丝绸是梦的衣裳。

骆驼在沙漠中替换马车。
骆驼是沙漠之魂。
沙漠是风的影子。
沙漠是死亡的河流。

而海上，一支浩大的船队正在出发。
船上没有炮剑。
只有丝绸和陶瓷。

丝绸轻如云朵。
陶瓷是冷却的烈焰。
世界之门正被打开。

僧人向西而去。
如来向东而来。
经卷次第展开。

尘世一片光明。

大运河

始于春秋。运送战争。
我是士兵，也是幸存者。
通于隋朝。不只为战争。
我是劳工，也是反叛者，
隋朝灭，运河存。
兴于唐宋。我是搬运者，
运送粮食和刀剑，
也运送经卷和诗歌。
直于元代。我运送金戈铁马的阵容。
之后，我运送明朝、清朝，
我运送繁华与衰落，荣光与耻辱，
我运送时光，将千年岁月运送到你面前，
在这个冬天，我看见月如钩，
颓废的河面上飘着一层薄薄的冰，
却承载着世世代代的雄心与梦想。

瘦西湖

李清照在船上酌酒赏月
人就比黄花瘦了
黛玉在湖边葬花
西风便把她吹成了细细的杨柳
东坡兄在书房旁种竹
他说食可以无肉，居不可无竹
于是他瘦成了一根竹子

瘦西湖不仅桃花瘦
琼花、芍药、兰花，甚至牡丹也瘦
纵有万种风情，也经不起西风一吹
便瘦成了岸边的碧桃

盐商用盐一夜堆起了一座白塔
急得乾隆赶快从京城到扬州借钱

烟花三月，我来到扬州
当然不为借钱，只为取瘦
一个胖子吹吹瘦西湖的风
即刻瘦成一枚弯弯的下弦月

岜莱，或者花山

一

天空的记忆被刻在山崖
岜莱，或者花山
只是可以转换的两种语言
就像和平与战争可以转换
就像人有时变成神
神有时又变成人

还有一些人
在山崖上被定格下来
不再是人也不再是神
而是图腾

二

太阳的火球高高挂着
锣鼓声和蛙鸣声汇入滔滔明江
英俊的舞者，手持佩剑
头戴桂冠。这是率众出征

还是赴一场爱情的盛宴

战争也罢，爱情也罢
他终究敌过了时间的利刃
在高高的崖壁上
刻下亘古的符号
岜莱，或者花山

三

木棉花开得血一样红
崖壁上都是血性男儿

一个姿势能站立多久
一种颜色在传递什么

此刻，我站在崖壁下
从这里，我走上去
要么变成神，要么变成图腾

千年岁月留下这盛大场面
那是一个民族无声而强大的气场
花山岜莱，岜莱花山
如天籁之音，没有比这更美的语言
我的祖国就在这里：花香遍野
胜过所有的梦境

风炉是怀旧的

在怀远一户人家，我见到了它们
此时没有炉火，风炉的门已关闭

可我旧时的情感
还是被一团虚幻的炉火燃起
一阵风吹来，我闭上眼睛
此刻炉火正旺，像你温暖的嘴唇

喀斯特

喀斯特不是一个女孩
不是。只是她的名字让人联想
她有婀娜的风姿
有清清溪流，重重雾霭

喀斯特也不是一个情人
不是。只是她总是风情万种
她有勾魂草，一箭穿心
有眼镜蛇含着致命的毒汁

喀斯特更不是我的爱人
不是。只是她的守望究竟为谁
她有峰峦叠嶂，沟壑绵延
她以一万座山的承诺，等我一万年
当我走进她，便顷刻迷失，无从逃离

姆洛峡

找一个远离生活的地方
造一只小船，在姆洛峡河流中虚度
柔柔的阳光洒在水面
看看山的倒影，也看看我自己
鸟鸣声唤醒宁静时光
不知不觉就到了黄昏

找一个可以等待的地方
就像姆洛峡，每座山都是风景
草木在岩石上生长
认识的不认识的都很亲切
随便开一朵花也都好看
飘一朵云若仙女下凡
风想来就来，想去就去
只是雨有了些缠绵
荒野中最能放飞想象
寂寞些没有什么不好
我可以在这等你到老

找一个可以相爱的地方
还是姆洛峡，在这里建一所小屋

听听流水已很抒情
一天如此简单，只有微小的事物
和星光下爱的窃窃私语
只要有你陪伴，哪都不想去了

菠萝蜜

热带。或亚热带。
喜光。喜雨。喜沃土。
但忌积水。忌霜冻。
植物的特性与人类的偏执。

这是条件。爱你的热带风光。
这是选择。爱你的坏脾气。

偶尔，带你去北方走走，
满足你的好奇心。
但必须等待夏天或秋天。

你的果是最甜蜜部分，
像硕大而受伤的乳房。

你的孤独也有温度，
像燃烧的火焰。

你设置底线：零度以上。
谁若给你一场雪，你将即刻让爱死去。

最微小的，痛苦也最轻

暴雨和狂风过后
呈现在我面前的是
山体和房屋坍塌
成片的树木折断
汽车被道路上的积水淹没

路边的小草则像刚沐浴出来：
最微小的，痛苦也最轻

失眠了，就读读诗

失眠了，就读读诗。
这是我给你的治疗方子。

枕着语言的瀑布。
月光落在你唇上。
秘密的河浸入身体。
暗物质闪烁。

读读诗。
语言是刚长出的叶子。
想象力是生命的花朵。
思念是血液。

你读诗。窗外的风也在读你。
风把你带到我身边。
醒着做梦。

从这个梦潜入那个梦。

左 左

左左，这是你的名字
也是你的立场
把我放在你的左边
心脏跳动的地方
让我住在你温暖的心里

左左，心的领域大过了天宇
你是多么有情有义
开辟一个硕大的天地
来放逐这只猛虎
你从不畏惧我的狂野

左左，这是生命的向度
我的右，正向你的左倾斜
我的王朝，正向你的王朝沦陷
平衡已被打破，你准备好了吗

左左，这涌动的激流
不是温泉，洪水已漫过堤岸
它要摧毁爱和一切
星星开始隐没，天那么黑

我们似已来到蛮荒世界
混沌初开，荒草萋萋
左左，你害怕了吗

只有情窦来不及初开

少年同学
偏偏在 37 年后相遇
皱纹的河溯流而上
把我们带到源头
看见浪花初绽
和来不及的情窦初开

现在只想
借她的声音回到过去
说出不老的故事
现在只想
把誓言的钻石
嵌入太阳下的塔尖

可一切皆已太晚
只有倔强的青草
唤醒一年一度的春天

爱你如初

新年了
你当然是新的

季节、阳光、空气
树叶、星光、词语
都是新的

露珠不但是新的
还是透明的

多少年了
我心依旧
依旧，也是新的
更是透明的
你始终看得见
我与你
初识的那一天

那一天
沉淀在记忆里
记忆也是新的

像去掉了铁锈

新得如故

如故，就是爱你如初

爱情是诗歌中的病句

那隐忍着没说出的

也不必强求

每颗星都藏着秘密

你所看到的那束光

是亿万年前流星与谁的对话吧

我把它称为我的前世

所谓含蓄，就是不说破

爱一个人或许不够彻底

恨一个人也不必太决绝

爱与恨从来都是两难

老师说爱情是诗歌中的病句

诗歌的美就是缺陷之美

世人总喜欢病态的春天

痴情宝玉注定与多愁黛玉上演悲剧

你相信了真理，是有人为你犯过错误

回望天空，一颗星正向南陨落

我必须忍住

我必须忍住
假装不认识你
说我身体里的盐
不来自你的海

我必须忍住
把你冰冷的雪
不当作无情的刀子

可为何这瞬间的刺痛
比永恒的孤独更长

高铁之美

把它当作闪电的影子
我们坐在闪电里
身体与思想轻了起来
我们追上了一座座城市
然后退去，喧嚣也退去

一场雨洗净了窗外
江山无边无际
永恒的风景瞬间滑过

车厢内如此安静
世界在等待我们
借助闪电的光芒
我们正在抵达，灵魂追赶
我们伸开臂膀，把地球紧紧抱住
我们听见了地球的心跳
诗和梦想在远方
我们用手中的笔画着弧线
跟随太阳去揭开黑夜的谜底

2016

小草不是风的奴仆

小草是风的语言
而不是奴仆
它用身体的语言说出风
它倒下，是让你看到风的方向
而不会像树枝折断自己

风没有故乡也没有离愁
而小草有，它有一厘米的国土
它害怕离别
它生在哪里，就会死在哪里
它会让你看到它的骨头

小草有翅膀，但从不飞翔
正如石头有门，却从未打开

风想带领小草云游世界
小草只在风中摇曳
绝不随风而去

请看
小草的腰如此纤细

却能与十二级台风共舞
风给予的一切
它都能承受

大海不停地运送浪花

大海不停地运送浪花
她知道你想要：这盛开的孤独

这激情的泪，她知道你想要
这献给沙滩与岩石的祝福

太阳在清晨点燃自己
海鸥盘旋优美弧线
大海弹奏崭新的五线谱
她知道你想要：这恢宏乐曲

大海从未厌倦
不停地运送浪花
她知道你想要：这温情的玫瑰
她一直在阻止：这爱凋谢

走过宋朝的石桥

在石桥镇
我走过宋朝的石桥
我看到了流水
只是，流水不倒流
我也回不到宋朝

除了桥上的青石是宋朝的
其他都不是，鱼也不是
在桥边玩耍的孩童不是
两棵大树虽然苍劲
细看，也不是

我在石桥上停了数秒
忽见，几只飞燕轻盈闪过
遁入宋朝的词里

沙田柚

剥开她
脱掉她的富贵金黄
与她素颜以对
不许她黄袍加身

让她献出内心的白
献出淡而有味的汁
把她含在嘴里
把她化入心中

我用这样的方式
爱了她一生

绝情诗

此刻我站在悬崖上
练习各种跳崖的方式

你不来我就跳崖
我真的跳了——

往梦里跳
可千万别将我叫醒

此刻我站在大海边
扔掉了一件件旧衣裳
就像大海向沙滩扔掉一朵朵浪花

你不来我就跳海
我真的跳了——

哎呀可恨，海水托起了我
谁叫我水性太好

此刻我拿起笔
学习写诗的技巧

我学会了写绝情诗
冷酷，决绝，残忍
让词开出恶之花

我用词铸成一把刀
你不来我就自杀

女人不是水做的吗
我要把水一刀两断

你就是我要去的地方

我身体跳出的小鹿
会惊恐，追逐，迷失
它知道山林里有狮子
猛虎，猎豹，狼群

飞鸟知道有猎鹰
沙丁鱼知道有鲨鱼
星星知道有宇宙黑洞
我的小鹿却愿为你冒险

地球毁灭的那一刻
时间和生命化成了烟
我的小鹿会依偎在你身边

我的小鹿一直在奔跑
它要踏遍我身体里的群山和草原
它要为我找到你

你就是我要去的地方

誓 言

深秋时分
我见到满树的红叶
在空气中发酵
似醉非醉
若即若离

像我生命中的
一团团火焰
在风中燃烧
升华

是我献给你的
带伤的誓言

行走的树

我一直在行走
在时光里走，向着天空走
想遇见一颗像你的星星

我偶尔开些花，和白云说说话
表达我的喜悦欢乐
偶尔掉些叶，向大地寄一封书信
表达我的寂寞忧伤

作为一棵树，我一直在行走
却哪里也不去，我也不盖房子
你不来我要家何用
我宁愿感受烈日与风暴的酷刑

为了你，我开始了最艰难的行走
向着泥土深处，去寻找水及各种养分
不会有光，不会有谁来给我安慰
我要忍受地狱般的煎熬
抓住生命中永远的黑

我往下走得越深

就越能找到向上的力量
我的枝叶，就越能接近天堂
而我所有的坚持，都源于你

一列火车的行走

火车隐藏着它的痛
在山水间走走停停
厌倦的，喜爱的
它从来不说

我坐在火车上
旁边预留了你的座位
可你选择缺席
我也隐藏着自己的痛
开始了一个人的行程

一列火车，一个人，在行走
它出现，消失
没有陪伴

一列火车的行走
就是一个人去梦想
去感悟陌生、孤独、恐惧
去听空洞的哲学课
去与未知对话

一列火车走过了
它全身滚烫
内心空荡
就像我所走过的一生

我终于替代父亲

春风只是忙于吹开花朵
忽略了青草下的那座坟
我也忘了

那天我从镜前走过
心里咯噔一下：爸
泪水模糊了眼眶

"他离开快十年了"
妻的手落在我肩上
"你越来越像他"
"春天也有轮回"

风吹开了坟前的小花
"我终于替代父亲
活在这世上"

布拉格的乞丐

四个中国诗人
在布拉格街头遇见一名乞丐
"他四肢健全，体貌不凡"
"他跪着、趴下
目光不时抬起"
"他的虔诚甚于和尚禅坐"
"健康的躯体却拄着拐杖"
"他为何放下尊严"
"他在练习自己的谦卑"
"他用行为艺术证明存在"
"他在诠释生命的另一种意义"
"这是变异的世界
到处是扭曲的灵魂"

四个中国诗人
怎么也无法用东方哲学
来参悟布拉格的乞丐

布拉格城堡与卡夫卡

壁垒森严的布拉格城堡
像演绎了千年的童话
查理大桥是走向城堡的通道
圣维塔大教堂是盛开的莲花
让掠杀者放下屠刀

一场雨，它下，它不下
都无法改变我的到来
正如无法改变
卡夫卡曾在这里降生

卡夫卡住在城堡旁
他是最富有的穷人
他的肺结核是那个时代的病
他的饥饿让艺术得以生长
在城堡之外，他建造了
另一座灵魂的城堡
他像甲虫一般醒来
向着死亡走去
又在死亡中获得了重生

布拉格的月亮

布拉格的月亮
是三十个中国诗人
从北京捎过来的
这天，他们刚迎来中秋节
就乘着凌晨的飞机
途经莫斯科，飞抵布拉格

他们把月亮挂在布拉格的夜空
以为这样，就能在月亮上找到故乡
多么富有诗意的想象

可是他们错了
当他们成为异乡人
月亮也变成异乡月
他们不过是
让异乡的月亮照着异乡人
让一个月亮的孤独
变成三十个诗人的孤独

布拉格广场的钟声

布拉格广场的钟声

那么轻，如同哲学与宗教的对话

凡人和上帝在听

修女和主教在听

乞丐和施主在听

小丑和绅士在听

魔鬼和天使在听

房屋和天空也在听

马车开过来了

诸神开始聚集

卡夫卡、昆德拉、塞弗尔特开始聚集

他们对话的声音也那么轻

却提着我们的灵魂在走

布拉格广场热闹非凡

唯有这钟声能穿透浮尘

抵达内心的宁静

哦抵达

这声音正在抵达

每天都有生命沉沉睡去
每天都有生命被唤醒
听听这钟声就会明白

布拉格，我喜欢你静静的美

你的静，世界都听得见
正如米兰·昆德拉给我们的轻

古老楼群以宗教方式拥揽白云
鸽子与我在街道漫步，似懂非懂人间事
汽车在老旧的马路上
缓缓地开，见到我就停下来
少女斜坐街头的长凳
黄昏中袒露春光

秋叶落下来了
伏尔塔瓦河带走优雅的时光
布拉格，我喜欢你静静的美
像我写下的一首诗

在去往柏林的火车上

国界，被钢轨无缝对接
森林和野草掩没了战争的伤疤
河流里的血早已淡去
从布拉格，去往柏林
火车像我身旁熟睡的女子
均匀地呼吸

在欧洲，我是个语言的盲者
只会用中文说出布拉格之恋
只会用拇指赞美柏林墙的倒塌
当然，我也能听懂教堂的钟声
黑眼睛与蓝眼睛也能碰出火花

当火车抵达柏林
我会作短暂停留
调整一下一再被颠倒的时差
然后继续前往
我这异乡人的心脏
会不停地在爱的路上颠簸

火车不运送爱情，只运送子弹

我站在 2016 的汉堡火车站
却仿佛听到 1906 的钟声
我看到一个年轻的骑士
曾在这里等待，等一个人
一场浪漫的爱

可他却等来了
战争、杀戮、离散
火车不运送爱情
只运送子弹和枪炮

钟楼倒塌了
时光在阴暗的隧道穿行
年轻的骑士丢了马，成为盲者
再也找不到期盼的爱情

当钟声再次响起
那么悠扬，声声慢
而一百年的光阴已轻轻滑过

挪威的秋天没有忧伤

蒙克轻挥一下画笔
我便听到惊吓女孩的嚎叫
挪威就落入了秋色

金黄的叶就是金色音符
这是世上最宁静的声音
一路上我都在与森林对话
希望遇上一只拦路的棕熊

再往北，就是奥斯陆峡湾
大海与秋色已将挪威层层包围
矮个子易卜生的戏剧刚刚落幕
娜拉的出走是否已见到阳光

挪威的秋天没有忧伤
不信你到森林里走走

把我的世界打碎成童话

哥本哈根在波罗的海沉睡
波光闪闪若海盗出没
生存还是死亡
依然是严肃的问题

浪花的手抓住岛屿
森林里奔跑着鹿和松鼠
美人鱼浮出水面
所有的城堡都迎着海风
海盗是否来过无人知晓

但愿啊你就是我的海盗
趁夜色降临将我劫掠
把我的世界打碎成童话

挪威的森林

暗红秋叶如燃烧火焰
铺满挪威的道路

每片叶都是散落的诗句
语言成为碎片，丢失了密码

挪威躺在波罗的海怀里
像运送诗歌的巨轮
森林是帆，是密集的诗行
这诗行难以解读

巨轮驶向深秋的港湾
森林的手臂伸向天空
抓住云朵的忧愁
这忧愁也无法言说

天空离得越来越近
船上的人忽然有了海盗之心
可满船的珍宝如幻影，如丢失的诗句
而森林在秋风中
正被夕阳的余晖燃尽

时间总会在某一瞬停下

美人鱼游向海岸
丑小鸭变身白天鹅
海盗不盗财，只偷心
教堂的钟声轻轻敲响——
时间总会在某一瞬停下

昏暗的世界只差一根小小的火柴
腓特烈二世在无忧宫悄然睡去
瑞典人用三百年攻入丹麦城堡
莎士比亚的悲剧正在这里上演——
时间总会在某一瞬停下

大海忽然变得宁静
飞鸟、云彩和风让国界失去意义
自行车优雅地行走
印第安人在街头吹起排箫
多少恩仇，只因海风轻轻一吹——
时间总会在某一瞬停下

无忧宫

没有万古愁，哪来的无忧宫
腓特烈，你一定有太多的忧愁
才要在沙丘上，建一座无忧的宫殿

你找来工匠
把王宫建成乐园
你叫来画师
不画庄严，画欢乐
你种下满园的葡萄
只为酿成酒，一醉方休

可这只是个虚幻的世界
你的忧愁是帝王的忧愁
你徒然将自己
囚禁在无忧宫里

别　赋

一条路就是一种离开的方式
又何必惊动秋风
惊动白桦和杉树
从挪威的奥斯陆峡湾
一直站到瑞典的斯德哥尔摩
让白桦的叶提前苍老

这些北欧的绅士
挺拔、庄重、高雅
他们挥挥手就行
又何必站在秋风中
吐出那么多我不懂的词语
把不安的音符植入我体内

他们站了那么久
也不弯一下腰
喊一声累。可这只是假象
一次聚散，就伤得不轻
借一曲秋风醉
抖落了一地红叶
铺满了一路离愁

2015

雪 人

一个人老去的方式很简单
就像站在雪中，瞬间便满头白发

没想到镜子里，有一天也下起了大雪
再也找不到往昔的模样

可我不忍老去，一直站在原地等你，
我固执地等，傻傻地等
不知不觉已变成雪人

我因此也有了一颗冷酷而坚硬的心
除了你，哪怕是上帝的眼泪
也不能将我融化

凶 手

秋天有颗杀人的心
花朵是逃亡者
果的头颅最先被砍下
然后是叶，现场血迹斑斑

警察赶到案发地
一切证据指向：风和影子
于是决定，捕风捉影

谁也无法看到玻璃的内心

你看见了玻璃，并透过玻璃
看到了玻璃以外的事物
一座疲惫的城市在玻璃之外喘息

玻璃是透明的，阳光可以
穿过玻璃走向你，你的目光
也可以穿过玻璃走出去
但你的身体走不出去，雾霾也走不进来
两种物质之间隔着透明的玻璃
除非玻璃碎了，淌出血来

嗍螺蛳

美味总是让人垂涎
年轻时，我带上你
在路边摊嗍螺蛳

我告诉你嗍螺蛳的诀窍
最爽口的，就是掀开螺盖
嗍螺肉上的那点汁
你照我的方法嗍了起来
多么鲜美啊，你一口一口地嗍
唇与舌忘情地游动
坚硬的壳里竟如此柔软
你一口一口地嗍
那种幸福感，那种满足感
我看见你的样子多么美

从此，每晚你都让我带你去嗍螺蛳
我也总是乐此不疲
但我却从未告诉你
这就是我的初恋

校　花

三十年后我才知道
校花的孤独比我们深

当年，她任性地将一封封情书
存入箱底，以至
所有追她的男生
丧失了勇气

无法攀越的她
成为心中的女神
没有人再去触碰这青春的伤痛
"她嫁给了我们以外的男人"

多年以后，同学聚会
谈起当年的情书
"那些火焰已化为灰烬"
她喝下一杯烈酒
"你们这些没用的男人
为何出了校门
就成了丧家之犬"
于是乎，我们皆痛饮而醉

我终于明白
是我们的懦弱与绝望
把她伤得更深

田耳的外婆

田耳嗜书如命
两万册
存放在自己的书屋
从不外借
除了他自己
也没有人读过它们

当然，有个人例外
经常过来翻弄他的书
这人就是他的外婆
一位九十四岁的文盲

一只蜗牛的慢

在夜里，它向你走来
背负着沉重的思念

它走得极慢
把光阴拉得很长
爱也拉得很长

你一定要有足够的耐心
它走向你，彼此
都耗尽了一生

高于春天的事物

太多的青草盖住了泥土
让我无法抵达事物的本质

万千复活的病菌守在路上
而我只看到万千盛开的花朵

太相信爱情已经被爱情所伤
我在春天注定成为失败者

春天只展开美好的一面
谁又能逃出爱的陷阱

每个春天我都会大病一场
没有一个春天能让我写出一首好诗

高于春天的只能是火，是死去的草木
是耕牛犁开大地残留的血迹
和那些在天空行走的灵魂

老站房

火车再也不会开进这个小站了
不会有钢轨、汽笛
青草覆盖了道床
不会有我父亲挥动的小旗

落日带走了天边的云霞
老站房站在黄昏里
像一块旧伤疤
更像一座孤独的坟
埋着我的旧情感

老站房的门紧闭
推不开，叫也不应答
只有门前的野花任性地开
恍如隔世的感觉

也许是我离开得太久，把它伤得太深
也许是我自作多情
它根本不在乎我的牵挂

老站房在自己的世界里

自在地活着
它后面的池塘、水塔、桃林
还有更远处，美得令人窒息的山峦
还和从前一样
火车的远去让它找到了永久的宁静

我一直怀着愧疚
以为是我忘了它
其实是它，早已把我遗忘

残　花

一束开在荒野的花朵
我见到她时
正在一片片凋落

她初绽的含羞
和怒放的姿态
她曾经的孤寂与幸福
她为谁而开，又为谁而谢
无人知晓，也不忍探究
就像无须去探究一位迟暮美人的过去

一朵即将消逝的花
没有人来怜惜
我也无法替她说出内心
但我在见到她的瞬间心就痛了起来
好像凋落的不是她，是我自己
好像是我在这无人的地方
悄然死去了一次

没有人能阻止一朵花的衰败
正如没有人能阻止她的盛开

在雨中复活一朵菊花

菊花的脖子开始腐烂时
雨已整整下了七天

江南的雨通人性，也伤不起
若来时遇上一场雨
雨就一直缠着你

江南的庭院很深，白墙黑瓦
住着前朝的商人，富可敌国
却也敌不过，一场雨

雨在秋天打开了菊花
走出瘦瘦的美人
美人送来窒息的一吻
雨便不停地哭泣
菊花就掉了头颅

雨自以为是个诗人
发誓要复活一朵菊花
可世道已经衰败
秋风不通情理

菊花已开，也已落
菊花躺在自己的坟里
最伤不起的是
江南的雨，还在下

纸上的情人

情人节的这一天
他在纸上画了一个情人
他重点画她的眼睛
够大够圆够专一
只能盯着他看
只能勾他的魂

他还是不放心
把自己也画到情人身旁
他说只有纸上
才有一生一世的爱情

秋风醉

秋色深深
深到无穷
总是无法阅尽

就算紧锁眉头
也锁不住秋光
秋的一丝愁
早已轻轻滑走

纸上的秋
更是深过了窗外

那些被秋风吹落的叶
全是启程的车票
每到一个酒铺
都要一醉方休

你看
他一人在唱秋风醉
在秋色中沉沦
无法自拔

也不必挽救

哪怕你读书万卷
也无法阅尽
他醉卧秋风的
无限愁绪

柳 州

所有的高楼和道路
都在暗夜里被激情点燃
工业是最明亮的灯塔
也流淌着黑色的血液

石头是这座城的名片
所谓的坚如磐石
却也挡不住女人的柔情万种

浩荡的江水抒发着古老的情怀
爱，也带着古老的忧伤
十九座桥梁是这里的骨架

每座山都傲然独立
居住着神仙
而山下的百姓
他们喝酒，猜拳
酒肉穿肠而过
唱着蹩脚的山歌
用粗言俗语与酸辣的螺蛳姑娘调情
骂人也那么动听

山水之间，是诗意与尘世的栖居
死亡也成了美丽的归宿
以至
我总能在夜色中听见
柳宗元灵魂的吟唱

这就是意义

你给我一个虚幻的世界
凝固的水，零度以下的思想
冰冷的光

你给我一座即将消失的宫殿
它告诉我，等待是徒劳的
这一切多么短暂
不会再有永恒

不会再有
这宫殿不属于我
也不属于任何人

冰冷的光刺进了骨头
我无法在此居住
我只爱着这虚空，你给的虚空
它美到窒息，却毫无意义

毫无意义
也许，这就是意义

2013—2014

河 流

独自坐在河边
看流水把我的五十岁带走

风读着波涛
一截木头在水面行走
月亮被涛声撕碎

月光迷惘
身体也如这河流沾满了污浊

为何是这样的结局
她洁净的乳汁
竟喂养着贪婪的罪恶

我也曾站在她的源头
亦如曾在母亲的体内
那时　我多么纯净

我已找不到陌生的发现
河流是洗涤污浊最好的地方
在地球的血液旁

蝴蝶失去了翅膀
我只有飞翔的愿望

河面上漂浮着虚幻的雾霭
将视线遮住
我如酒徒从梦中醒来
拿出手机
删掉那些痛在心里的名字

我疯狂地在寒夜里冲撞
像河流越过一个又一个山坞
在更远的地方
我究竟看到了什么

被磨掉棱角的石头
铺满了河流路过的方向
为何我仍在愤世嫉俗
妄想用五十岁的浅薄
去丈量她一万年的厚重

还在等什么
我能做到的难道仅仅是
在这汹涌的波涛声中
吼出一些无关痛痒的诗句
并献出自己更多的贫瘠

逆　行

田径场上
所有的行走
都是逆时针的

一万米长跑
一百米冲刺
或者只是散步

顺着走不好吗
顺着风
顺着河
顺着地球旋转的方向

可不听话的身体
偏偏喜欢叛逆
他说心脏不答应
非要逆时针前行

上帝说
什么都得顺着
唯有心可以任性

他是个孩子

且不可以长大

读特朗斯特罗姆

你的名字太长太长
特朗斯特罗姆
每个字读起来都很费劲
就像我坐过的绿皮慢车

我只能把有你名字的诗集
带到飞速行驶的高铁上

我从一个浮躁的城市
去到另一个浮躁的城市

只有高铁上是安静的
我坐在自己的座位上
没有人打扰我
这样我就能静静地读你
读你

安静的高铁上
好像所有人
都在听我读你的诗
你的名字
好像也不那么长了

瓷房子

远方总是很美，不可抗拒
已经抵达的远方
为何又遥不可及
瓷房子，你在我的面前
制造了遥不可及的远方

你在这里对我说出了永恒
可我知道，永恒是最不可靠的谎言
而我却在谎言中生长

没有什么更能震撼这个世界
这灿若明珠的殿宇
足以装下你的梦想、疯狂与虚荣
却无法装下我的空茫

温暖的阳光只为刺痛我麻木的神经
凄美的月亮却要照亮我生命的黑暗
印在瓷片上的永恒，却也是易碎的梦
就像这座瓷房子，镶嵌着
古瓷器、汉白玉、水晶与玛瑙
最终也会坍塌、破碎

所散发的光芒，也会黯然失色

从开始你就知道了结局
但是，你依然要建造一座
爱的坟墓

你对我说出了永恒
用你的目光刺伤我的眼球
这也是你给我的馈赠
足以让我窒息
你说，留下来吧
这房子属于你
可我心已空，无法接纳
在这个世上没有我想要的
永恒

见 面

一块空空的草地上
坐着我。等待

听得见心跳的声音
越来越急促
用手按一下胸口
没有用。闭上眼不去想
没有用。想点别的
还是没有用。时间凝固
只有心跳的声音

雨点打来了
花朵凋谢了
天黑了——你还没有来
我屏住气，然后
深呼吸，再深呼吸
还是没有用，没有用
我想，你来的时候
天空，一定会，垮塌

遇　见

我遇见阳光在白昼逃遁
雾霾的强吻让天空窒息

我遇见河流脱离了河床
鱼儿在空气里学习呼吸

我遇见黄叶追逐风的虚无
光秃的树在企图寻找

我遇见幸福在高速路上逆行
所有的堕落都勇往直前

我遇见爱情用狂草在脊背涂满苦涩的印记
那些字句都似是而非

这就是我每天的
遇见

沙滩上的脚印

沙滩上的脚印
是用来遗忘的

任性的浪花，让一行行脚印
成为一首首遗忘的诗

浪花总是在浪费着自己
它赠予沙滩的，都无一例外
碎落一地，被无情退回
而浪花抱定了赴死的决心

浪花无法托起火一般的梦想
我笨拙的手也捧不住激情的浪花
用不了多久，这梦幻般的足迹将被带走
我们在时间的海里只守住了虚空

沙滩没有记忆，它拒绝一切馈赠
浪花来过，又像从未来过
可我依然固执地
在这个夜晚，留下我的脚印
等待浪花将它抹去

赴一场爱

将动力注入每个车轮
加速，加速
只为赴一场爱

时速二百公里
再到三百公里
一阵风，疾驰
优美的线条划过大地

像是种错觉
两座城市相拥
仅在瞬间

改变来得太快
许多事来不及想
见，或不见
根本无法犹豫

这爱的推手
稀释了相思与别离
却让我担忧

来得太快
是否消失更快

"爱情太短
遗忘太长"
我不想这样
其实
一次漫长的等待
已胜过一场爱

火车是个蹩脚的歌手

火车是个蹩脚的歌手
一路上用怀旧的声音
重复单调的恋曲
从南到北
枉费了半壁河山

我也是个蹩脚的歌手
一路上用嘶哑的歌喉
唱着忧郁的感伤
从少年到白头
枉费了青春时光

火车把大地的影子拖得很长很长
而我则把黑夜的思念拖得很长很长

况且况且

况且况且
旧时的火车
搁置在废弃的轨道上
听小草唱着怀旧的歌

况且况且
动车妖娆的身躯
勾勒出大地新的线条
人们的观念
正以闪电般的速度
改变

况且况且
天空倒了下来
车轮的尖叫声
撑大了星星的眼睛
闲云也快速散开了

况且况且
动车经过的城市
长出许多高楼和灯光

它们好奇地盯着

这横空而出的怪物

要把躁动的世界

带向何处

2010—2012

沉 香

被你爱
只因我受过伤害

刀砍　雷劈　虫蛀　土埋
在苦难中与微生物结缘
在潮湿阴暗之地
结油　转世
一截木头换骨脱胎
腐朽化为神奇

安神　驱邪　醒脑
把最好的眼泪给你
别人被爱是因为完美
我被爱是因为
遭遇伤害

多少眼泪
才能结油成香
成香　沉香
让你安神竟是我的心伤

当暗香浮动了你
我所有的不幸
都变成美丽的曾经

加法·减法

我用加法

计算我逐渐增加的年轮

和增多的白发、心酸、痛苦、回忆

我用减法

计算我逐渐远去的青春

和减少的黑发、激情、快乐、童心

我用加法

说着越来越高的物价

和越来越多的高楼、汽车、尘埃

我用减法

说着越来越低的薪水

和越来越少的稻田、绿地、新鲜空气

加法让我的怨气与日俱增

减法让我的幸福与日俱减

但有时我也在加减法中找到惊喜

比如我用加法

增加花园里的小草和花朵

让春天多一些美丽和情趣

我用减法

去掉树上的几根枯枝

让冬天少一些忧伤

去掉天上的几朵阴云

让天空多一些蔚蓝

比如我用加法爱你

用减法恨你

在加速的时代寻找缓慢的爱

我看到

鹰和飞机

在空中加速飞行

火车和汽车

在路上加速驰骋

缓慢的世界

快了起来

我看到

树木和高楼

在加速成长

花朵和小草

在加速开放和凋谢

时间的针摆

加速了生命的轮替

我看到

与你相遇的短暂时光

正被岁月湍急的河流

悄然带走

这小小的幸福

加速了伤口的生长

然而
我想记住这美好的瞬间
我想用一生的爱
慢慢体味
让这小小的幸福
慢慢延伸，扩大
覆盖所有的伤口

谁在敲门

不是清风
也不是明月
是谁在敲我的门

不是浮云
也不是夜雨
难道是陌生人
敲错了门

外面是冬天
刮着风
下着雨
我明明听见有敲门声

茶杯瘫倒在桌边
水迹一点点蔓延
屋内的烛光兴奋地往外跳跃

这突如其来的震动
抖落了一地的思念

戈 壁

你不该让我读到这词句
使我如此匮乏
你不该撕裂我的皮肤
植粗沙，种砾石
袒露我的硬伤

你不该告诉我
阳光有多么温暖
在炽热中慢慢融化的我
仅剩的几株也已枯黄

我像失血的盲童
流离在回家的路上

风的利刃剥蚀着我
它要建造一座魔鬼之城吗
而我却只能保持沉默

沉默
忍耐
只为等你一句潮湿的问候

此刻

哪怕是你的一滴眼泪

我就能复活

小 也

微笑那么美
为何忧伤也那么美
亭亭玉立却也是孤芳自赏
爱也
恨也

有缘也是无缘
靠近也是别离
转身时心早也不能自已

你说我们不再相见
抛却思念
也如你所愿
不见
不伤
不怨

可我却用黑夜把思念裁成两边
白天的那边短
放在怀里泪咽强欢
夜里的却长

足够将你拉进我的梦里面

囚禁

围困

思念

只剩下梦想的甜蜜

再也无法翻越

爱亦小也　恨亦小也

青花瓷

山水与云雾落入泥泽
燃烧成清冷的词
易碎的梦是悬在心里的痛

粗糙的手绘制绝世青花
让泥土在火焰中再生
脱俗美丽又清冷易碎
双重品质铸就青花的永恒

而我只有一颗易碎的心
敏感嗅到火焰深处的寒冷
爱是唯一的主题
我却在途中错过

原谅我醉卧荒野
最伤人的不是美酒
是炉火烧出的清冷和易碎
是穿越千年无法抵达的情缘
还有离人的眼泪

等待在下一个路口

品尝日日的寂寞

青花依旧清冷

依旧是，愁肠寸断的词句

三角梅

一片片叶子
变成一朵朵花
我无法阻止

变成一团团火焰
我无法阻止

一朵朵花
一团团火焰
在荒野中
开放和燃烧
它所带来的
美丽和疼痛
我无法阻止

一朵朵花
一团团火焰
在多情的南方
燃遍所有季节
转身，又一点点
凋落和熄灭

这种带伤的美
我无法阻止

就像你
是阴是晴
是爱是恨
是来是去
你所带来的
幸福和伤痛
我无法阻止

2007—2009

虚掩的门

我忽然发现
在我内心深处
有一扇虚掩的门
它从未被打开
也未曾关闭

虚掩的门里
有着许多不为人知的秘密
有着童年、少年和青春的梦想
有着虚空、孤独、忧伤和甜蜜

它似乎在等待一个人
轻轻地把门叩开
可直到青春逝去
那扇门依然虚掩着
那个叩门的人依然没有出现

故乡的云

如果我没猜错
你就是故乡的那朵云
此刻，你在跟我一起流浪

你没有忧伤
柔弱的样子比我坚强
你微笑
像是在抚慰我的孤独
你甚至招手
提醒我结束这漂泊

此刻，我想跟你一起回家
看看母亲白得像你的头发

两条河流

在我的左边
古老的风携着波浪
河水悠悠，流过千年岁月
泥土里透着水的声音
树木的身体里透着水的声音
我在夜里听水唱歌
水的歌声比小鸟清甜
伴着这歌声，女人走进男人的梦里
人类饥渴的嘴唇
啜饮着这生命之河

在我的右边
喧嚣声携着尘埃
车流在黑夜里把繁华推到极致
繁华之后我看到更加可怕的荒凉
狂欢之后我看到更加痛苦的寂寞
我看到河流之外，另一条带毒的河流
正罂粟般拉动人类的欲望
它消耗着大地的能量
最终，将耗尽我们的生命

黄花梨

让我用一百年的光阴
为你绣出飓风的纹路
绣出琥珀金丝
绣出山水、森林、天空的倒影
绣出虎豹在树丛中漫步

让我用一百年的光阴
绣出种种鬼脸
使你拥有人类最滑稽可爱的一面
绣出贵妃斑
铭刻你的青春

让我再用一百年的光阴
雕琢、抚摸你的肌肤
使你长在殿堂中
生生世世，你是一棵树
怀念大地和根须

养路工

我喜欢这样的宁静
星星般的石渣呵护着它的道床
钢轨在太阳下闪着神秘的光芒
高山、森林、云彩都静默无语
花朵在默默地开放

我喜欢这样的等待
像一棵树站立在路基的旁边
泪水从脸颊缓缓流下
旷野的风轻轻吹来
火车的声音由远变近，又由近变远

我喜欢这样的恋情
两根钢轨保持着永恒之距
肩并肩朝着同一方向默默延伸
似语非语，似爱非爱
这种缠绵似乎永无尽头

我喜欢这样的思念
北去的火车一次次捎去对你的问候
南来的火车又一次次把希望碾碎

沉重的背影留在寂寥的荒野
梦想却仍在遥远遥远的远方

放不下

黄昏下
一条缓缓远去的河流
和它慢慢消逝的波光
我放不下

夕阳里
一朵四处流浪的云
和它惆怅的眼神
我放不下

落叶旁
躺在它身边的花瓣
和渐渐枯黄的枝叶
我放不下

起风了
那曾经被我爱过的女人
和她站立的瘦弱身影
我放不下

夜深了

女儿的心思
和她望着镜子迷茫的表情
我放不下

天凉了
母亲的关节痛
和父亲的胃窦炎
我放不下

老去了
年轻时的梦想、诺言
和淡淡的忧伤、甜蜜
我放不下

是啊
在这个世界上
哪怕我放下了属于我的
青春、欢乐和财富
可那些爱着我的人
和我所爱着的人
我都放　不　下

高速路旁的一条老路

高速路旁的一条老路
似乎已被人们忘记。这么些年
我们常在高速路上奔走，用加速度
去追逐梦想，把日子过得紧紧张张
我们加快了获取幸福的节奏，却忽略了
获取的过程。我们只想瞬间看到爱的果实
却忽略了果实成熟的艰辛。我们忽略了
一朵花如何开放和凋谢，一片叶如何由绿变黄
忽略了一朵云的悠闲，一只鸟的鸣唱

我们在高速路上奔走，是那样地急功近利
那样地玩命和不计后果。我们追逐着
虚无中的一切，人情已变得淡薄
笑容也变得冷漠。我们为了虚名而疲惫不堪
我们获得了鲜花、美酒、金钱和名利
却失去了悠闲、浪漫、纯真和开心的微笑
我们在高速路上奔走，我们加速得到的
是否也会加速失去

高速路旁的一条老路，让我们想起了什么
那里的车辆稀少，树木却很茂盛

那里的相思树挂满了浓浓的相思情结
那里的紫荆花绽放着温馨而甜美的微笑
那里的老人在捡拾落叶、花瓣和童年的记忆
那里没有高速的激情，却有着悠闲和浪漫
那里没有爱的加速度，爱却很悠长、悠长
在这加速的年代，真想有这么一条老路
来缓解我们内心的紧张、虚空、慌乱和重压

迁　徙

我经常看到

一群群蚂蚁

背着沉重的食物

沿着山路

默默地迁徙

我不知道

蚂蚁为何搬迁

又将迁徙到哪里

但我相信

蚂蚁的幸福

就在这迁徙的过程

我还看到

一朵朵云

从天空的这边

飘到天空的那边

我不知道

云为何飘游

它最终的归宿又在哪里

但我相信

云的幸福

就在这飘游的过程

而一棵棵树
从远山
迁徙到城市
树木悠悠地长
长出许多爱听喧闹的耳朵
一条条河
从山谷
流到大海
河水悠悠地流
携走许多混浊的泥沙

或许我永远无法知道
那些迁徙的理由
但我相信
一个人的幸福
同样在这迁徙的过程中

壶　口

心如潮水
定在此刻倾注激情
不顾一切，放纵自己
只要一次的澎湃
就可以把爱恨
倾泻个痛痛快快

不要说我冷漠
只因我还没遇见
唯有此刻
我才有足够勇气和力量
荡涤岁月的孤独
用喷涌的潮水
承诺不变的爱情

为了这一刻
我已匍匐了千年

瘦　月

只剩下一弯镰刀了
要割掉谁的疼痛

思念变成上弦月和下弦月
而我
在等待一场圆满

谁那么狠心
一叶扁舟驶向江心
搅碎了我的心事

不忍心再看
那浩瀚的天空上
一弯冷冷的月——

还在消瘦
消瘦
再瘦
就只剩下一滴泪了
今夜，又要落在谁心上

树也秃顶

一片荒芜的山林
被我意外发现
所有粗大的树
几乎秃了顶
就像我身边的中年人

难道树也有生活压力
有工作和感情的烦恼
难道它也有失眠
让叶子像头发那样脱掉

曾经，它树冠如盖
却在风雨中提前苍老
这些中年的树啊
不是因为木秀于林
而是为了做一个父亲
让小树快乐长高

1980—2006

我感觉树在飞

逆着火车的方向
我感觉树在飞
朝着来的地方
飞去

树在飞
拉动山
拉动大地
连同目光
一起飞向过去
飞向从前的春天
飞向生命的开始

树在飞，而我
和奔驰的火车
却在加速行进中
加速退出
一幅幅生活的风景
加速退出
历史和现实

车过小站

轻轻地推开那一重山
云深处，便是我的故乡
是我故乡的小站
列车驰骋有铿锵之声
月台之上，那个挥旗的人
是我的父亲我儿时的偶像
三十年风风雨雨
他就这么站着
他站着的姿势很像将军
而将军是孤独和寂寞的
他养育的儿女
都已长大走了
而小站没有长大他不愿走
小站永远也不会长大
只是节奏加强了他更忙了
我担心他会一夜间老去
老去就如故乡的那棵古榕
啊父亲我的父亲
车过小站没有停下
我挥手告别父亲告别小站
眼泪浸湿那朵朦胧小花

池　水

一条河，它背弃了神
不再流淌，以为这样
就可以留住月亮

它竟是终结者
将一段奔腾的历史
搁弃在清冷的世界

时间变得虚无
只有青蛙在鸣叫
仿若神的声音

神说
生命既已静止
就应该作为明镜
为后来者鉴照

城　边

一条乡村的路
走到了城边
却迷失了进城的方向

一条碧绿的河
流到了城边
却失去了原有的清甜

一片洁白的云
飘到了城边
却找不到栖息的蓝天

一朵温馨的花
开在了城边
却读不到纯洁的诗篇

一只林中的鸟
飞到了城边
却拨不响歌唱的琴弦

一个流浪的我

来到了城边
却走不进梦想的边缘

哦，城市
我就这样静静地走在你的城边
怀念那片干净的田园

我用失眠与蚊子开战

一群胆大的蚊子
竟然不请自来
它们不是来做客
而是来吸我的血

天哪，我生命中的血
我为爱情流淌的血
它们也敢吸
不怕我把它们消灭

一只蚊子的重量
不及我体重的亿万分之一
只要弹出一只手指头
就可以让它致死
可就是这样一群蚊子
它们竟敢向我挑战

来吧，可恶的蚊子
我已静候多时
我身体里有的是血
让它们吃个饱

再送它们归西

整整一个夜晚
我用失眠与蚊子开战
可被我击毙的蚊子
流的全是我的血啊
"你用你的鲜血
换取你的胜利"

预 订

我要赶在春天
为你预订一生的幸福

我预订了一袋种子
希望能适应你的土壤
我预订了一个蛋糕
希望能遇上你的生日
我预订了一套嫁妆
希望能赶上你的婚期
哦不，是我们的婚期

春风徐徐吹来。这时
一辆永久牌自行车搭着
两个幸福的人，穿过小镇
一路上铺满金子般的阳光
哦，这两人不能是别人，而是你我
这阳光我也早已预订

那是初春的第一个早晨
我在一朵白云上签下自己的名字
盖上用心做成的印章，神在一旁看着

天啊，这是生命与爱的承诺
百灵鸟衔着它，正向你飞去

鱼峰山

做一个腾跃之势
跃上天之海
却在即将腾起的刹那
你犹豫了，凝固
成为千古传说

头颅仰之于天
灵魂仰之于天
而肉体却附之于地
这就是你全部的不幸和幸运吗
当人们纷纷向你走来
而你，正是以鱼跃之势
钓起所有的赞美和慨叹
于是你成了风景，践踏你的人们
也随之踏上你的脊背

要痛哭你就痛哭吧
我将为你拭干泪滴
如果你再也忍受不住寂寞
就请抖动你的鳞鳍
腾跃起来，腾跃起来

在一个紫红色的黎明
让太阳摄下
一幅不再是静止的
　　腾跃向上的希冀

图书在版编目（ＣＩＰ）数据

练习册 / 田湘著. -- 武汉 ：长江文艺出版社，
2019.6
ISBN 978-7-5702-1002-2

Ⅰ．①练… Ⅱ．①田… Ⅲ．①诗集－中国—当代
Ⅳ．①I227

中国版本图书馆 CIP 数据核字(2019)第 092566 号

责任编辑：谈　骁　　　　　　　责任校对：毛　娟
封面设计：祁泽娟　　　　　　　责任印制：邱　莉　　王光兴

出版：　长江出版传媒　　长江文艺出版社

地址：武汉市雄楚大街 268 号　　　　邮编：430070
发行：长江文艺出版社
http://www.cjlap.com
印刷：湖北民政印刷厂

开本：880 毫米×1230 毫米　　　1/32　　印张：7.25　　插页：6 页
版次：2019 年 6 月第 1 版　　　　　2019 年 6 月第 1 次印刷
行数：4356 行

定价：46.00 元